Pastel de manzana con Amelia Earhart

De Kyla Steinkraus
Ilustrado por Sally Garland

Rourke
Educational Media
rourkeeducationalmedia.com

D1507714

www.rourkeeducationalmedia.com

Edited by: Keli Sipperley
Cover and Interior layout by: Tara Raymo
Cover and Interior Illustrations by: Sally Garland

Library of Congress PCN Data

Pastel de manzana con Amelia Earhart / Kyla Steinkraus
(Tienda de Dulces Salto en el Tiempo)
ISBN (hard cover)(alk. paper) 978-1-68191-369-8
ISBN (soft cover - English) 978-1-68191-411-4
ISBN (e-Book - English) 978-1-68191-452-7
ISBN (soft cover - Spanish) 978-1-68342-256-3
ISBN (e-Book - Spanish) 978-1-68342-271-6
Library of Congress Control Number: 2016956517

Printed in the United States of America,
North Mankato, Minnesota

Estimados padres y maestros:

Fiona y Finley son como cualquier niño de hoy en día. Ayudan con el negocio familiar, se enfrentan a luchas y triunfos en la escuela, viajan en el tiempo con importantes figuras históricas...

Bueno, tal vez esa parte no sea tan común. En la Tienda de Dulces Salto en el Tiempo puede pasar cualquier cosa, en cualquier punto en el tiempo. La panadería familiar atrae a clientes de todas partes y de todos los libros de historia. Y cuando el loro Tic Tac grazna, ¡Fiona y Finley saben que una aventura está a punto de comenzar!

Estos libros por capítulos para principiantes están diseñados para introducir a los estudiantes a personajes importantes en la historia de EE.UU., convirtiendo sus éxitos en aventuras que Fiona, Finley y los jóvenes lectores pueden experimentar junto con ellos.

Perfectos para leer en voz alta, en coro o por lectores independientes, los libros de la serie Tienda de Dulces Salto en el Tiempo fueron escritos para deleitar, informar e involucrar a su hijo o estudiantes haciendo que cada figura histórica sea memorable y creíble. Cada libro incluye una biografía, preguntas de comprensión, sitios web para otras lecturas y más.

¡Quedamos a la espera de poder viajar con ustedes a través del tiempo!

Feliz lectura,
Medios de Enseñanza Rourke

Índice

Un día muy triste y muy malo

—¡Renuncio! —gritó Fiona. Se dejó caer en el taburete de la barra. Se cruzó de brazos y suspiró ruidosamente.

Mamá y Finley trabajaban detrás del mostrador de la Tienda de Dulces. Estaban haciendo pasteles de manzana. El mostrador estaba espolvoreado de harina, azúcar, crema y canela. Por todas partes había manzanas.

Por lo general, a Fiona le encantaba la tienda de dulces. Le encantaba ayudar a mamá y a papá a hacer postres al viejo estilo, como el pastel de galletas de soda, las galletas de melaza y el pastel de crema de coco. Pero hoy no. Hoy era un día muy triste y muy malo.

—¿A qué renuncias? —preguntó Finley. Era un año mayor que Fiona. Pero Fiona era igual de alta, especialmente con sus rizos rojos y esponjados. Podía hacer todo lo que hacía Finley. Casi.

Se suponía que Finley debía estar ayudando a mamá. En su lugar, había inventado una nueva magdalena con crema de manzana y canela. Era tan bueno para inventar golosinas deliciosas que incluso tenía un apodo: el Rey de las Magdalenas.

Fiona no tenía un solo apodo. Esto hizo que se sintiera aún peor.

—¡El club de cohetes a escala! ¡Construir cosas es tonto! ¡Renuncio!

Mamá dejó el rodillo que estaba usando para aplanar la masa.

—¡Pero estabas muy emocionada apenas la semana pasada!

Fiona negó con la cabeza. Se mordió el labio. Sus ojos se llenaron de lágrimas.

—Daniel dijo que los cohetes son sólo para los chicos, ¡y que mi cohete sería ridículo porque soy una chica!

Finley miró a mamá.

—Eso no es cierto. ¿O sí?

—Ay, querida —dijo mamá. Su cara se puso completamente extraña, y roja como un tomate—. Claro que no es cierto. Fiona, puedes hacer todo aquello en lo que te empeñes.

El loro Tic Tac batió las alas en su percha.

—¡Mira la hora! —graznó—. ¡Mira la hora!

Fiona y Finley aclamaron. ¡La tienda de dulces estaba a punto de recibir a un visitante especial!

El timbre de la puerta lateral sonó. Una mujer delgada entró. Estaba vestida con una chamarra larga de cuero y botas de montar. De su casco de piel salían mechones de pelo rubio rojizo. Unas gafas pasadas de moda se posaban en su frente. Se parecía a una vieja foto en blanco y negro que

Finley había visto una vez en el colegio.

—Seguí el olor de pastel de manzana fresco, ¡y me trajo aquí! —dijo sonriendo.

—¡Eres muy bonita! —dijo Fiona.

—Ella es mucho más que eso —dijo mamá, guiñando el ojo.

Finley ofreció a la visitante un pastel de manzana.

—¡Qué delicia! ¡Gracias! —dijo.

Finley se quedó mirándola.

—Me pareces muy conocida.

—¡El tiempo vuela! —graznó Tic Tac, agitando sus plumas.

—Ah, sí —dijo Finley—. ¡Vuelas! ¡Eres Amelia Earhart!

Fiona saltó de su taburete.

—¡Fuiste una de las primeras aviadoras! Rompiste un montón de récords mundiales.

—Sí, soy yo —dijo Amelia riendo.

Fiona abrió los brazos, queriendo abarcar la tienda de dulces. Entonces se detuvo, y pensó seriamente.

—Hiciste muchas cosas que las chicas no

habían hecho antes.

Amelia dejó el tenedor.

—Es cierto.

—¿Te dijeron que no podías hacerlas por ser mujer?

—Sí. Cuando tenía tu edad, se suponía que las chicas debían usar vestidos y estar limpias y ordenadas y calladas.

Fiona miró sus pantalones cortos manchados de hierba.

—No me gustan los vestidos. ¡No puedo dar volteretas con ellos!

Finley negó con la cabeza.

—¡Y no estás limpia ni callada!

—Cierto. ¡No podría ser una chica exitosa y anticuada! —acordó Fiona.

Amelia se rio.

—Por suerte, mis padres me dejaban usar pantalones. No se suponía que montara en bicicletas o bajara pendientes en trineo o que construyera cosas. Pero de todos modos hice todo eso. Construí una montaña rusa en mi patio trasero cuando tenía diez años.

—¡Guau! —dijo Fiona—. También me gustan las montañas rusas, y montar en bicicleta y construir cosas. ¡Voy a construir modelos de cohetes y dispararlos a cientos de pies en el cielo!

—¡No! —la corrigió Finley—. ¡Renunciaste!

Fiona sintió deseos de mostrarle la lengua. Sólo que él tenía razón. Había renunciado. Sintió su estómago como una gran bola de plastilina aplastada. Le explicó a Amelia acerca de Daniel, y que la había hecho sentirse triste, enojada y confundida.

—La gente también creía que pilotear un avión era poco femenino —dijo Amelia—. Trataron de convencerme. Mmm. ¡Conozco algo que es para ti! ¡Ven conmigo al 20 de mayo de 1932! ¡Si te encantan las montañas rusas, te encantará este viaje!

—¡Espera un minuto! —dijo Finley—. ¡No me encantan las montañas rusas! De ningún modo. De hecho, ¡detesto las montañas rusas!

Pero Fiona ya lo había agarrado de la mano y lo arrastraba hacia la puerta lateral.

¡Peligro sobre el Atlántico!

El timbre de la puerta sonó mientras salían.

—¡Hasta pronto! —graznó Tic Tac.

La tienda de dulces empezó a dar vueltas. A Fiona le encantó la sensación de girar y girar. ¡Se sentía como si estuviera dando volteretas!

Finley lo detestaba. Se sentía como en el jacuzzi del juicio final.

Cuando el mundo dejó de girar, Fiona y Finley se dieron cuenta de que no estaban en el suelo. Estaban muy arriba en el cielo, tan alto que podían mirar hacia abajo y ver las nubes blancas y esponjadas por debajo de las alas rojas de un viejo avión. ¡Estaban volando con Amelia Earhart!

—¡Ay, ay, ay! —dijo Finley. Su cara se puso de un extraño tono de verde.

—¡Guau! —dijo Fiona. Jaló su cinturón de seguridad para asegurarse de que estuviera apretado, y luego se volvió hacia su hermano—. ¿No es increíble?

El motor rugía. Era tan difícil oír algo, que Finley subió todo el volumen de sus audífonos.

—¿Dónde estamos? —preguntó.

Amelia se aferró al volante.

—Estamos en mi avión, el *Little Red Bus*. Es mi vuelo en solitario a través del Océano Atlántico. Seré la primera mujer en hacerlo.

Debajo de las nubes, las ciudades parecían Legos. Las montañas parecían arrugas cafés. Los ríos eran como cintas. Había un largo camino hacia abajo, pensó Finley.

—¿Has sido aviadora por mucho tiempo? —preguntó Fiona.

—¡Sí! Compré mi primer avión cuando tenía veinticuatro años. ¡Tomé clases de vuelo y aprendí a hacer piruetas como este tonel! —Amelia dio una vuelta entera con el avión.

El estómago de Finley también dio una vuelta.

Fiona se rio y apretó la cara contra el cristal. Se sintió como un ave. ¡Un ave muy movida y ruidosa!

Pronto se hizo de noche. Las estrellas brillaban a su alrededor. ¡Parecían lo bastante cerca como para tocarlas! La luna asomó entre las nubes oscuras. Más abajo, el Océano Atlántico parecía casi negro.

—Agárrense fuerte —dijo Amelia—. ¡Estamos entrando en una tormenta!

La lluvia salpicó el avión. Las nubes eran

oscuras y amenazantes. El rayo enorme de un trueno zigzagueó delante de ellos.

El fuerte crujido de un trueno sacudió el avión.

—¡Cielos! —jadearon Fiona y Finley.

—¡Tenemos que subir y salir de la tormenta! —gritó Amelia. Jaló el timón hacia atrás. El avión subió, subió y subió, hasta que el aire se volvió helado.

A Finley le castañetearon los dientes. Fiona abrazó su cuerpo. ¡Hacía mucho frío!

—Oh, no —dijo Amelia. Señaló una aguja que giraba violentamente en el panel de instrumentos—. Mi altímetro se dañó. No sé qué tan alto o bajo estamos, ¡y no puedo ver a través de las nubes!

—No es nuestro único problema —dijo Finley señalando la ventana—. ¡Hay hielo en las alas!

El avión se sacudió tan fuerte que Fiona pensó que se le saldrían los ojos. Agarró a Finley de la mano.

—¡Ánimo, mis amigos! —dijo Amelia—. ¡Será un viaje muy movido!

—¡¡¿Qué?!! —gritó Finley, mientras el *Little Red Bus* rebotaba hacia los lados.

El avión se inclinó y cayó, ¡girando hacia abajo!

Todos gritaron. El estómago de Fiona dio volteretas y saltos mortales. Finley cerró los ojos y deseó estar seguro en su cama.

El avión siguió girando a una velocidad vertiginosa, con la nariz adelante. No podían ver qué tan cerca estaban del mar debido a todas las nubes. Y el altímetro dañado no era de mucha ayuda.

Pero Amelia no entró en pánico. Siguió mirando adelante.

De repente, el avión atravesó las nubes.

Fiona chilló. ¡El océano estaba justo debajo de ellos!

—¡Nunca lo lograremos!

La gran aventura de Amelia

Amelia jaló el timón hacia atrás tan fuerte como pudo. El avión se niveló.

Todos respiraron profundo.

—¿Ven? Les dije que lo lograríamos.

Fiona sonrió temblorosa.

Finley abrió un poco los ojos y se quedó mirando las olas. ¡Estaban volando a sólo diez pies del agua!

—Acabamos de descender tres mil pies —dijo Amelia.

—¡Creo que me va a dar un ataque al corazón! —Finley gimió y se agarró el pecho.

El corazón de Fiona también latía super rápido. Y aún no estaban a salvo.

—¡Fuego! —exclamó Finley. De la parte

delantera del avión salieron llamas rojas y brillantes.

—El tubo de escape está roto —dijo Amelia—. Y nuestro indicador de combustible está atascado. No sé cuánto tenemos.

—¡¿Nos quedaremos sin gasolina arriba del océano?! —La cara de Finley estaba tan blanca que parecía una hoja de papel.

Amelia apretó los labios.

—No si puedo evitarlo. ¡Estoy yendo lo más rápido que puedo!

Fiona y Finley se tomaron de las manos. El *Little Red Bus* siguió volando.

El cielo comenzó a iluminarse lentamente. Los colores púrpura, naranja y rojo del amanecer pintaron las nubes. Era como volar a través de un arco iris hecho con algodón de azúcar.

—¡Miren! ¡Una gaviota! —Finley señaló.

Apareció una costa escarpada. Poco tiempo después estaban volando sobre el campo verde de Irlanda.

—¡Lo logramos! —aclamó Fiona.

—Pero, ¿dónde está el aeropuerto? —preguntó Finley.

Amelia se rio.

—Aquí no hay aeropuerto. Mira esos pastos de allá. ¡Son una pista de aterrizaje perfecta!

Las vacas mugieron con fuerza. Se lanzaron en todas las direcciones cuando el avión zumbó sobre ellas. Amelia aterrizó con cuidado el *Little Red Bus* justo en medio de los pastos de las vacas.

—¡Lo lograste! —gritaron Fiona y Finley.

Amelia mostró la sonrisa más grande de su vida.

—Dos mil veintiséis millas. Tardamos catorce horas y cincuenta y seis minutos. Acabamos de establecer el récord de vuelo más largo, rápido y sin escalas en la historia.

—¡Guau! No tenía idea de que volar era así de duro y aterrador —dijo Fiona.

—Los aviones no eran construidos con la mayor seguridad en mi época, al contrario de la tuya —dijo Amelia—. ¡Volar es siempre una gran aventura para mí!

—¿Pero no te asustabas? —preguntó Finley.

—A veces. Pero el valor consiste en hacer algo, incluso cuando tienes miedo.

—¿Incluso cuando la gente te dice que no puedes hacerlo? —preguntó Fiona.

—Especialmente en ese caso. Puedes hacer cualquier cosa que decidas hacer. Puedes actuar para cambiar y tener control de tu vida. —Amelia palmeó la cabeza de Fiona—. Fiona: puedes hacer las mismas cosas que un chico.

—Pero, ¿y qué si no sabes cómo?

Amelia se rio.

—Simplemente hazlo.

Fiona se sintió llena de determinación.

—Puedo construir un cohete impresionante. Puedo ser aviadora cuando crezca. ¡Tal vez incluso una astronauta! ¡Podría ser la primera persona en llegar a Marte!

—¡Sí! ¡Ese es el espíritu! Y recuerda: tú puedes hacer muchas cosas. También curé soldados durante la Primera Guerra Mundial. Enseñé inglés a personas que acababan de llegar a este país. Escribí libros y artículos. Empecé mi línea de ropa para mujeres activas.

Y, por supuesto, fui aviadora.

—Guau —susurró Fiona. Quería ser como Amelia Earhart.

—Sé la mejor que puedas ser —dijo Amelia con un guiño—. Todos tienen su Atlántico para volar. Sus sueños, sus desafíos. Ahora, creo que es hora de que vayan a cenar. Tengo que seguir con mi próxima aventura. ¡También seré la primera mujer en volar a través de los Estados Unidos!

Fiona y Finley la abrazaron. El avión empezó a inclinarse. Todo giró como en el interior de una lavadora.

Cayeron por la puerta lateral de la tienda.

—¡Justo a tiempo! ¡Justo a tiempo! —graznó Tic Tac.

—Tic Tac me arrebató las palabras de la boca —dijo mamá, sonriendo—. Es hora de cenar. ¿Quién quiere pastel de manzana para el postre?

—¡No más vueltas! —decía Finley en el suelo, agarrándose el estómago.

Fiona se levantó de un salto.

—Después de la cena, ¡dibujaré una nueva idea para mi cohete a escala! ¡Será fantástico!

Mamá batió palmas con Fiona.

—¡Estoy muy feliz de oírlo!

Fiona ayudó a Finley a acostarse.

—No más vueltas —prometió—. ¡Por esta noche, al menos!

Sobre Amelia Earhart

Amelia Earhart nació el 24 de julio de 1897 en Atchison, Kansas. Montó por primera vez una montaña rusa a los siete años, y le encantó. Creció en la granja de sus abuelos. Aunque la mayoría de las niñas usaban vestidos y aprendían a cocinar y a coser, los padres de Amelia la criaron  de un modo diferente. Exploraba los bosques, iba a pescar, atrapaba insectos y participaba en peleas de bolas de barro.

Amelia coleccionaba recortes de periódico de las mujeres que la inspiraban. Durante la Primera Guerra Mundial, abandonó la universidad para trabajar en un hospital militar en Toronto, Canadá, y cuidar a los soldados heridos. Después de ver un espectáculo de acrobacias aéreas, tomó lecciones de vuelo y compró su primer avión a los veinticuatro años. Volar era considerado impropio para una dama, y muchas personas trataron de convencerla. Pero Amelia creía que las mujeres podían hacer las mismas cosas que los hombres.

Estableció su primer récord mundial al volar más alto que cualquier otra mujer, casi tres millas hacia arriba. Siguió volando y estableciendo récords. En 1932, voló en solitario a través del Océano Atlántico en menos de quince horas. Recibió varias medallas y cenó en la Casa Blanca. Amelia quería hacer algo que nadie había hecho antes. Decidió volar alrededor del mundo. Se encargó del vuelo, mientras que su amigo Fred Noonan se encargaba del mapa y el radio. El 1 de junio de 1937, Amelia y Fred despegaron de Miami, Florida. El mundo siguió el viaje en las noticias. Para el día treinta, sólo les quedaban dos escalas.

El último mensaje de Amelia Earhart llegó horas después del momento en que debían haber aterrizado. Pero hubo silencio. La Guardia Costera de EE.UU. llevó a cabo una búsqueda frenética de miles de millas, pero no encontró nada. Casi ochenta años después, muchos equipos han buscado los restos del avión, pero nada se ha encontrado.

Amelia Earhart vivió una vida llena de retos y aventuras. Dio fuerza y ha inspirado a varias generaciones de hombres y mujeres.

Preguntas de comprensión

1. ¿Por qué Fiona estaba teniendo un mal día?

2. ¿Era fácil para las mujeres ser aviadoras en la época de Amelia Earhart? ¿Por qué sí o por qué no?

3. ¿Cómo demostró valor Amelia Earhart? ¿Puedes citar un momento en que tuviste que ser valiente y no tener miedo? ¿Qué pasó?

Páginas web para visitar (en inglés)

www.timeforkids.com/photos-video/video/ famous-first-31381

www.americaslibrary.gov/aa/earhart/ aa_earhart_subj.html

www.ameliaearhartmuseum.org

P y R con Kyla Steinkraus

¿Qué te pareció lo más interesante de Amelia Earhart?

No sabía que Amelia había sido tan activa como trabajadora humanitaria. Abandonó la universidad durante la Primera Guerra Mundial para convertirse en voluntaria en un hospital para los soldados heridos. Trabajó con personas que acababan de llegar a Estados Unidos, les enseñaba inglés y les ayudaba a encontrar un hogar.

¿Qué consejo crees que les daría Amelia a las niñas de hoy?

Seguiría siendo una voz positiva para las niñas y mujeres en todas partes. Siempre creyó que podían y debían hacer las mismas cosas que los hombres. Ella decía: "Las mujeres deben tratar de hacer las cosas que han intentado los hombres".

¿Qué te sorprendió más sobre la vida de Amelia?

No sabía que Amelia escribió artículos para la revista Cosmopolitan y comenzó su propia línea de ropa. ¡Fue una dama sorprendente y ocupada!

Sobre la autora

Kyla Steinkraus vive con su
marido y sus dos hijos en
Tampa, Florida. Le gusta
el dibujo, la fotografía y
la escritura. En las noches
calientes de verano, a su
familia le gusta acostarse en la hierba y mirar
el cielo.

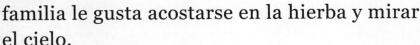

Sobre la ilustradora

Sally Anne Garland nació
en Hereford, Inglaterra, y
se trasladó a las tierras altas
de Escocia a los tres años.
Estudió Ilustración en el
Edinburgh College of Art antes
de trasladarse a Glasgow, donde vive con su
pareja y su hijo.